ESTAMPES

DES DIVERSES ÉCOLES

ET PRINCIPALEMENT

ÉCOLE FRANÇAISE XVIIIe SIÈCLE

BELLES ÉPREUVES AVEC MARGE

VENTE

Le Lundi 21 Décembre 1857,

Me DELBERGUE-CORMONT, Commissaire-Priseur,

M. VIGNÈRES, Expert, Marchand d'Estampes.

EXPOSITION PUBLIQUE

20 Décembre 1857.

AVIS.

Le catalogue de la belle Collection sur l'Histoire de France de feu M. le baron d'Henneville est sous presse.

La Vente se fera en février 1858.

CATALOGUE
D'ESTAMPES

DES DIVERSES ÉCOLES

et principalement

ÉCOLE FRANÇAISE XVIIIe SIÈCLE

Belles Épreuves avec Marge

PROVENANT DE LA COLLECTION DE M L...

DONT LA VENTE AURA LIEU

HOTEL DES COMMISSAIRES-PRISEURS

Rue Drouot, n° 5

SALLE N° 3, AU 1er

LE LUNDI 21 DÉCEMBRE 1857

A UNE HEURE

Par le ministère de Me **DELBERGUE-CORMONT**, Cre-Priseur,
rue de Provence, 8;
Assisté de M. **VIGNÈRES**, marchand d'estampes,
rue de la Monnaie, 13, à l'entresol, entrée rue Baillet, 1,
chez lesquels se distribue le Catalogue.

EXPOSITION PUBLIQUE
Le Dimanche 20 décembre, de une à quatre heures.

PARIS
RENOU & MAULDE
IMPRIMEURS DE LA COMPAGNIE DES COMMISSAIRES-PRISEURS
rue de Rivoli, 144.

1857

ORDRE DE LA VACATION

---

190 à la fin.

1 à 189.

On commencera à une heure précise.

Au comptant.

Cinq pour cent en plus des enchères applicables aux frais.

M. VIGNÈRES, faisant la vente, se charge des commissions.

Martin 15

DÉSIGNATION

DES ESTAMPES

1 **Anonyme**. Dame pêchant à la ligne au son de la flûte de son ami; au fond, partie de plaisir dans un bateau. Belle p. rare avant toute lettre. Marge.

2 **Baudouin** (d'ap.). Le Modèle honnête et autres. 5 p.

3 — Les Quatre parties du jour et autres. 9 p.

4 — Le Catéchisme, — le Confessional et autres. 10 p.

5 **Beauvarlet** (d'ap. Vanloo). La Confidence. — La Sultane. 2 belles p.

6 **Bosse** (Ab.). La Noce de village, les Vierges sages, Louis XIII, Hercule. 3 p.

7 — Le Barbier, l'Apothicaire, la Vue, l'Enfance. 4 p.

8 — Costumes, Porte-Drapeau, l'Odorat. 5 p.

9 **Both** (A.). Les Cinq Sens. 5 p.

10 **Boucher** (d'après). Par *Flipart*. Chasse au tigre. —Chasse à l'ours, d'ap. Vanloo. 2 p.

11 — *Huquier*. La Blanchisseuse, les Corps de Garde, Cheval fondu, Chinois, etc. 16 p.

12 — *Larmessin*. Le Calendrier des Vieillards. Très-belle ép. Grande marge.

13 **Boucher** (*Larmessin*, d'ap.). La Courtisane amoureuse. Très-belle ép. Grande marge.

14 — *Michel.* Vénus entrant au bain. — Vénus sortant du bain. 2 très-belles pièces gracieuses. Marges.

15 — *Polienith.* La Voluptueuse, charmante pièce rare. Marge.

16 — Sylvie, Goûter de l'automne, l'Agréable Leçon, etc. 7 p.

17 — L'Abandon voluptueux et autres. 14 p.

18 **Bry** (Th. de). La Fête de village. Très belle ép. — Les Noces d'Isaac et Rébecca. 2 p.

19 **Callot** (par et d'après). L'Enfant prodigue, petites pièces de la Passion et autres. 32 p.

20 — Les Tours de Nesle et du Louvre, Carrière et Parterre de Nancy, Chasse au cerf, Écrans, Saint-Nicolas, Jeu de boules, Passage de la mer Rouge, la Passion, les Supplices, Mendiants, etc. 83 p. Pourra être divisé.

21 — Exercices militaires. 13 p. et 2 petites batailles. 15 p.

22 — Les Misères de la Guerre. 18 p.

23 — La Carrière de Nancy. Grande marge.

24 — Pantalon, la Fortune, Saint-Sébastien, Scènes théâtrales, Paysages, Marines, etc. 27 p.

25 **Carmontelle** (d'ap. de). Dauberval et Mlle Allard. Superbe ép. Toute marge.

26 **Chardin.** La Dame prenant son thé, par Fillœul. Très-belle ép.

27 — La Pourvoyeuse. — L'Aveugle. 2 p.

28 **Chauveau.** Louis XIV recevant les échevins à son entrée en 1660. De la Prévôté d'Al. de Sève.

Hard, 13, Martin 15 Cr[illegible] 10

[illegible] 12 degrés

[illegible] degrés

[illegible] 4.

29 **Chevillet.** L'Amour maternel. — La Bonne Mère sans souci. 2 p.

30 **Cochin,** d'ap. Slodtz. Décoration de la salle de spectacle pour le mariage du dauphin. Grande et belle pièce avec un nombre infini de costumes. 1746.

31 — Pompes funèbres d'Élisabeth Th. de Lorraine, — et de Polyxène de Hesse, reines de Sardaigne. 2 belles p.

32 **Cork** (H.) et autres.

33 **Coypel** (d'ap.). Sujets gracieux. 6 p.

34 **Dardel** et autres pièces gracieuses, gravées en couleur. 12 p.

35 **Demarcenay**. Testament d'Eudamidas, d'ap. N. Poussin. Sup. ép. Grande marge.

36 — Et autres, Régulus, Bataille, Paysages, etc. 18 p.

37 **Demarteau** et autres pièces à la sanguine et en couleur. 10 p.

38 — Pièces à la sanguine et manière du crayon. 8 p.

39 **Dietricy**. Christ guérissant et autres sujets, Paysages. 13 p.

40 **Duflos**. Très-petits sujets gracieux d'ap. Lancret, Watteau et autres. 13 p.

41 **Durer** (Albert). Vierge à la poire. B. 41.

42 — L'Oriental et sa Femme. B. 85, Sorcière 67 et autres. 3 p.

43 **Dusart** (Corneille). La Ventouse, le Cordonnier, la Fête du Village et autres, d'ap. lui. 4 p.

44 **Dyck** (A. Van). Érasme et autres portraits, d'ap. lui. 7 p.

45 **Eaux-fortes italiennes.** Guido Reni, etc. 13 p.

46 **Edelinck.** Ferdinand, évêque de Paderborn, entre la Religion et la Sagesse. R. D. 203. Très-belle ép.

47 — Bertin, Moreri et autre. 3 portraits.

48 **Eisen.** Contes de La Fontaine. 24 p.

49 **Ficquet.** Crébillon, Descartes, Fontenelle, Montaigne, Regnard, Vadé, Bayle, par Savart, et Paoli par de Marcenay. 8 p. Sera divisé.

50 **Flameng.** Eaux-fortes. 8 p.

51 **Gaultier** (L.). Papire Masson, avocat parisien. Belle ép.

52 — Henri IV. 1610. D'ap. de Mathonière.

53 **Ghisi** (Georges-Mantuan). Naissance de Memnon, d'ap. Jules Romain.

54 **Goudt.** L'Aurore. — Jupiter et Mercure chez Philémon et Baucis. 2 p.

55 **Gravelot** (d'ap.). Exercices d'Infanterie 1766. 12 planches, Costumes de fantassins dans diverses attitudes.

56 **Greuze** (d'après), par *Massard* (Jean). 1773. La Cruche cassée. Superbe ép. Grande marge.

57 — Le Petit Polisson, la Fille Confuse, la Voluptueuse, l'Amour, la Petite Sœur, etc. 8 p.

58 — Jeune Fille cachant son œil. — Donneur de sérénades, etc. 8 p.

59 — La Cruche cassée, Ne l'éveille pas et pendant. 3 p.

60 — La Femme colère par Gaillard. — L'Ermite par Marais. 2 p. rares et belles.

Lap. 15.

Legras 15.

Croux 5 50 Martin 15.
[illegible] Martin 1
Martin

61 — Le Paralytique, la Mère bien-aimée, la Belle-Mère. 3 p.

62 **Guyot.** Vues de la maison de Madame Garrick et autres jardins anglais, gravées en couleur.

63 **Harrewyn.** Scènes de Couronnement et Mariages historiques, etc., 17 p.

64 **Hollar.** Cérès cherchant sa fille change Stellion en lézard.

65 — Et autres, Paysages. 20 p.

66 **Huret** (G.). Cardinal d'Este. — Barbier. 2 portraits.

67 **Imbert.** La Curieuse, par Letellier. Jolie pièce gracieuse.

68 **Jode** (P. de) et autres. Portraits des Plénipotentiaires. 7 p.

69 **Jordaens** (d'ap.). La Vanité, Pan jouant de la flûte, la Satyre et le Paysan, Jupiter et Mercure chez Philémon et Baucis. 4 p.

70 **Joullain.** Costumes d'Arlequin, Pantalon, Scapin, Scaramouche, Mezettin, Pierrot, Polichinelle, etc. 17 p. Très-belles.

71 **Lancret** (d'après), par *Cochin.* Le Jeu de Colin-Maillard. Superbe épreuve. Très-grande marge.

72 — *Dupuis.* Le Glorieux. — Le Philosophe Marié. 2 superbes épr.

73 — *De Favanne.* L'Amusement du petit-maître. — La belle Complaisante. 2 p.

74 — *Joullain.* Récréation champêtre. Très-belle épr. Toute marge.

75 — *Larmessin.* Les Rémois.

76 — — Les deux Amis.

77 — — Le Gascon puni.

78 **Lancret.** (*Larmessin* d'ap.) Pâté d'anguille.
79 — — La Servante justifiée.
80 — — Les Oies de frère Philippe.
81 — — On ne s'avise jamais de tout.
82 — — A femme avare galant escroc.
83 — — Le petit Chien qui secoue de l'argent et des pierreries.
84 — — La Coquette de village.
Ces 10 pièces sont superbes. ép. et grandes marges.
85 — — Le Jeu de cache-cache Mitoulas. Très-belle.
86 — — Le Jeu de pied de bœuf. Très-belle.
87 — — Les quatre parties du jour : le Matin, — le Midi, — l'Après-Dînée, — la Soirée, 4 p. Très-belles ép. Marge.
88 — — Les Troqueurs, Pâté d'anguille, Calendrier des Vieillards. 3 p.
89 — *Le Bas.* Grandval, sup. épr. Grande marge.
90 — — le Repas italien, sup. ép.. Grande marge.
91 — *Silvestre* (S.). Veux-tu d'une inhumaine ?
92 — — D'un baiser que Tircis. Jolie p.
93 — — Que le cœur d'un Amant est sujet à changer! Jolie p.
94 — *Tardieu.* L'air. — L'Eau et autre. 3 p.
95 **Larmessin** d'après Vleugels. Frère Luce. — Le Villageois qui cherche son veau.
Ces 2 p. sont très-belles ép. Marge.
96 **Le Brun** (d'ap.). Le Serpent d'airain. — Élévation en croix. 2 grandes p.
97 **Lemesle** (d'ap.). La Clochette par Filleul. Très-belle ép. Toute marge.

Martin
Martin
Martin
Martin
Martin
Martin

Martin [illegible]

J. 18. ~~[illegible]~~ <u>Dubois</u> august 15.
~~[illegible]~~

Maisonne 13.50

Martin

Martin

5	Beauvarlet	Sultane conf[illegible]		6	..
12	Calendrier des vieillards		M.M Martin	8	
13	Courtisane amoureuse		Martin	15	
30	Cochin	fête	Creeys	8	
31	—	pompes funèbres	Creeys	4	
44	Dyck	Erasme	Dumenil	3	25
56	Greuze	Cruchecassé	St Albin	85	..
75	Lancret	Remois	Martin	15	50
80		les dés	Martin	12	..
81		on ne s'avise	Martin	14	..
82		la femme avare	Martin	15	
83		le petit chien	Martin	12	
89		Grandval	Dubois	19	
92		[illegible]	Meaume	9	50
95	Larmessin	Villageois qui cherche Frère Luce	Martin	10	
97	Lemesle	la clochette	Martin	3	
99	Leu	François 1.	Dumenil	2	50
101	Lorrain	l'anneau chose impossible	Martin	5	
(123)	Nanteuil	4 portraits		2	..
129	Pater	4 pièces	Martin	4	25
147	St Aubin	la promenade	Hardouin	46	
				299	00

				M.M.	299	
151	Schmizer	D'ap. Rubens	Lapertier		3	
173	Watteau	Acis et Galatée	Lapertier		15	
181	.	Le chat malade	Dubois		120	
208	Vues de France				2	50
209	Vues de Paris				2	
221	Ornemens				1	
					442	50
					22	15
					464	65

98 **Le Prince** [illegible]

99 **Lest** [illegible]

100 **Lombert** [illegible]

101 **Lorrain** [illegible]

102 **Loutherbourg** [illegible]

103 **Lucas de Leyde** [illegible]

[illegible]

[illegible]

[illegible] **Marc...** [illegible]

[illegible] **Marin** [illegible]

[illegible]

[illegible] **Mercurel** [illegible]

[illegible]

[illegible] **Moitte** [illegible]

[illegible] **Moreau** [illegible]

112 **Morin** [illegible]

113 **Nanteuil** [illegible]

[illegible]

[illegible]

Bremenil 4

Blamont

98 **Le Prince.** Costumes russes. 22 p.

99 **Leu** (Th. de). François Ier, Pasquier, Henri de Savoie, duc de Nemours. 8 p.

100 **Lombart.** Les Comtesses d'ap. Van Dyck. 4 portr.

101 **Lorrain** (d'ap.). L'Anneau d'Hans Carvel par Aveline. — La Chose impossible par Sornique. 2 très-belles p. Toute marge.

102 **Loutherbourg.** Les Quatre parties du jour. 4 p.

103 **Lucas de Leyde.** 10 pièces de la Passion. Il manque 50, 51, 55, 56, de Bartsch.

104 — Saint Jean 90, Saint Judas 93, et la Madeleine 124 contrepartie. 3 p.

104 bis — Le moine Sergius tué par Mahomet 126.

105 **Marieschi** (Michel). Vues de Venise. 22 p. Dont son portrait pour titre, dans un riche cartouche orné de fleurs. Oblong, d.-rel.

106 **Marot.** Vues des plus beaux édifices de Paris. 17 p.

106 bis — Hôtels Amelot, Argenson, etc. 17 p.

107 **Martinet.** Paysages ovales avec sujets gracieux et chansons relatives. 2 p.

108 **Meer.** La Brebis debout B. 2. Belle ép.

109 **Moitte** (D'apr.). Le Consommé, par Deni.

110 **Moreau** et autres. Vignettes pour Rousseau et autres. 43 p.

111 **Morin.** Vierge et Jésus, d'ap. Titien.

112 **Nanteuil.** Barillon de Morangis R. D. 31. Gilles Boileau R. D. 43. 2 portraits. Ép. avec marge.

113 — Jacques marquis de Castelnau R. D. 58.

114 — Hesselin, conseiller d'État R. D. 110. 1er état.

115 **Nanteuil.** Hesselin. 2e état, avec les trois lignes sur la console.

116 — Mazarin R. D. 178.

117 — Mazarin R. D. 180, avant dernier état.

118 — Mazarin R. D. 182, marge.

119 — Ménage R. D. 188, 1er état.

120 — A. Lefèvre d'Ormesson R. D. 209, et Mazarin 180, 2 portraits, 1er état.

121 — Perefixe R. D. 211, 2e état, il y en a 4. — Perefixe 212, 2 portr.

122 — Pierre Poncet R. D. 215, avant dernier état.

123 — Charles de Lorraine, Marolles, Voiture, etc, 4 portr.

124 **Nattier** (D'ap.). Louise-Élisabeth de France, la Terre, par Balechou. — Marie Henriette de France, le Feu, par Tardieu. 2 p.

125 **Ostade.** Bega, Dietrici. 13 p.

126 **Parmesan.** Saints, Adoration des bergers. 7 p.

127 **Pater** (D'ap.) par *Filloeul*. Les Plaisirs de la Jeunesse, le Colin-Maillard. — Le Concert amoureux. La Conversation intéressante. — La Danse. Très-belle suite de 4 p.

128 — — Le Baiser donné. Très-belle ép. toute marge.

129 —*Dupin.* Le Bain, le Glouton, le Savetier, etc, 4 p.

130 — *J. Tardieu.* L'Aimable entrevue. Rare.

131 **Pencz** (G.). Beham et autres petits maîtres. 13 p.

132 **Perelle.** Vues de Fontainebleau, Richelieu, Versailles, etc. 30 p.

133 **Porporati,** d'ap. Vanloo. Le Coucher. Belle ép.

134 **Portraits** de femmes célèbres, rois, acteurs, littérateurs, ecclésiastiques etc. Environ 800. Seront divisés en plusieurs lots.

Flamme 16.

135 **Prudon.** L'Amour réduit à la raison, la Vertu aux prises, et pendant, etc. 7 p.

136 — L'Amour réduit à la raison. — Le Cruel rit des pleurs qu'il fait verser. 2 p. Très-belles ép. avant la l.

137 **Raimondi** (MARC-ANTOINE) et son école. La Cène aux pieds, Entellus et Dares, David et Goliath, cariatydes, etc. 14 p.

138 **Rembrandt**. Nativité B. 45, Fuite en Égypte 55, Sainte-Famille 63, Jésus et les Docteurs 66, Jésus au jardin des Oliviers 75, Trois figures orientales, 118, 6 p.

139 Le Denier de César 68, Samaritaine 71, Enfant prodigue 91, Pierre et Jean à la porte du Temple 94, Lazare 72, saint Jean-Baptiste 92. 6 p.

140 — Paysan avec femme et enfant 131, Joueur de cartes 136, le Persan 152, Jeune Haring, 275, 4 p.

141 Adoration des bergers 46, Baptême de l'Eunuque 98, Paysage à la vache, etc. 5 p.

142 **Rembrandt** (Par et d'ap.). Rembrandt l'écharpe autour du cou (17), à la toque à plume, le Juif à grand bonnet (133), Putiphar et autres. 13 p.

143 **Ribèra.** Le Christ descendu de la Croix. — Saint Jérôme B. 4 et 5. 3 p. à l'eau-forte.

144 **Rubens** (D'ap.) et autres. Sainte Begge, le Denier de César, etc. 9 p.

145 **Sadeler.** Saints anachorètes, etc. 30 p.

146 **Sadeler** (E.). Portraits de Spranger et son épouse entourés de figures allégoriques, dont la mort qui le menace. Belle p.

147 **Saint-Aubin** (D'ap. Aug. de). La Promenade des remparts de Paris. — Les Portraits à la mode, 2 charmantes pièces très-recherchées pour les costumes de l'époque. Très-belles ép. marge.

148 — Les Jeux des petits polissons de Paris. 6 p.

149 **Schmidt.** Histoire de Brandebourg. 8 p.

150 — Le prince de Gueldre menaçant son père (137).

151 **Schmuzer** d'ap. Rubens. Décius se dévouant aux dieux infernaux pour le salut de l'armée. Pièce rare sur satin.

152 **Schut** (C.). Annonciation, Christ en croix, Vénus et Vulcain, la Fortune. 4 belles eaux-fortes.

153 **Sharp** (W). Th. Howard earl of Arundel d'ap. Van Dyck. Ép. lettre grise.

154 **Silvestre** (Israël). Vues de France et autres. 16 p.

155 — Vues d'Italie. 30 p.

156 **Solis** (Virgile). Cartes à jouer, Divinités, frises, ornements. 20 p.

157 **Stephanus.** Batailles, frises, etc. 14 p.

158 **Suavius.** Huit des apôtres. — Lazare, par Lambert Lombart. 9 p.

159 **Swanevelt** (H.). Paysages, 19 p. 2 lots.

160 **Vangorp** (D'ap.). Le Déjeûner de Fanfan. Superbe ép. gravée en couleur, marge. Ép. avant et avec la lettre. 2 p.

161 **Velde** (J. Van de). Les Éléments. 4 belles p. marges.

162 — Paysages 1616. Suite de 16 p.

163 — Paysages 1616. Suite de 12 p.

164 — Paysages divers. 16 p.

165 — Playsante Lantschappen, etc. 28 p.

Hard. 48.

Sapent. 25

Vil. 10. Innocent 8.

Ber. 20.

Lap. 16.

Summit 1.5

166 **Visscher** (C.). Aloyn surnommé Bavo. Très-belle ép. — Armoirie, pièce satyrique sur la paix de Soissons 1544. Très-belle p. curieuse. 2 p.

167 **Visscher.** La Fileuse. — Les Deux Buveurs et la Femme. 2 p. d'ap Ostade.

168 **Vliet** (J.-G. Van). Marchand de mort au rats, les Joueurs, le Banquier, etc., et le Bon Samaritain, d'ap. Rembrandt. 6 p.

169 — La Résurrection, Démocrite et autres. 4 p.

170 **Wateau** (D'ap.), par *Audran*. Amusements champêtres. — Départ de garnison, par Ravenet. 2 p.

171 — *Aveline*. L'Enlèvement d'Europe. — Les Amusements de Cythère, par Surugue. 2 p. gracieuses.

172 — *Brion*. La Contredanse. Très-belle ép. toute marge.

173 — *Caylus*. Acis et Galathée. — Chasse aux oiseaux. 2 p. rares, très-belles, marges.

174 — *Chedel*. Retour de guinguette. Jolie p.

175 — *Cochin*. Le Bosquet de Bacchus. Superbe ép., grande marge.

176 — *Dupin*. Les enfants de Sylène. — Les Enfants de Bacchus, par Fessard. 2 p. Superbes ép.

177 — — Spectacle français. Pièce rare. Belle ép.

178 — *De Favannes*. Les Agréments de l'Été. Sup. ép. d'une jolie p. Rare.

179 — *Fillœul*. Têtes de caractère, études des compositions de Watteau. 24 p.

180 — *Lépicié*. Antoine de La Roque assis, dans un paysage allégorique. Très-belle ép.

181 — *Liotard.* Le Chat malade. Pièce rare. Très-belle ép. toute marge.

182 — *P. Mercier.* Collation. — Musique. 2 p. rares.

183 — Réunion de personnes dans un jardin. Très-belle ép. rare.

184 — *Scotin.* La Lorgneuse. Belle ép. d'une jolie p.

185 — *Surugue.* Arlequin, Pierrot et Scapin. — Mezetin jouant de la guitare, par Thomassin. — L'Aventurière. 3 p.

186 — par divers. Croquis de costumes, têtes, etc., et autres. 18 p.

187 **Waterlo.** Paysages. 29 p. 2 lots.

188 **Wille.** La Ménagère hollandaise, l'Observateur distrait, l'Écolière, la Peleuse de pomme d'ap. Wille fils. Rare. 4 p.

189 **Xavery.** Arlequinades, scènes d'Arlequin, Pierrot, Scaramouche, le Docteur, etc. 17 p. Très-rares.

190 **Galerie** du duc d'Orléans. Choix de 35 pièces gravées.

191 **École allemande,** d'ap. A. Durer, Lucas de Leyde, etc. 20 p.

192 **École flamande.** Teniers et autres. 28 p. 2 lots.

193 — Berghem et autres. 55 p. 2 lots.

194 — Divers, environ 120 p. Sera divisé.

195 **École française.** Moreau, Pater, etc. 6 p.

196 — Boucher et autres. Coiffures, costumes. 27 p.

197 — Bernard Picard et autres, 9 p.

198 — Watteau et autres. 15 p.

199 — Boucher, Delarue et autres. 22 p.

Lap. [illegible] 55 Dubois

B 3. Spie

200 — Sujets divers. 38 p. seront divisé.

201 **Sujets gracieux**, d'ap. Boucher et autres. 6 p.

202 — Vénus du Titien, avant l. l. et autres. 6 p.

203 — École française et autres. 13 p.

204 **École italienne.** Environ 100 p. Sera divisé.

205 **Paysages** de diverses écoles. Environ 170 p. Seront divisées.

206 **Vignettes** Anciennes et modernes. Environ 200 p. 3 lots.

207 — *Cochin* et autres vignettes. 36 p.

208 **Vues** de France et autres. 108 p. 3 lots.

209 — de Paris diverses. 14 p.

ORNEMENTS

210 **Ducerceau** (PAUL ANDROUET). Frises. 25 p.

211 **Deneufforge.** Modèles d'architecture extérieure et intérieure. 28 p.

212 **Duplessis** fils. Première suite de vases. 6 p.

213 **Gallmart** et autres. Parterres de jardins. 28 p.

214 **Guyot**, d'ap. Lavallée Poussin, Watteau et autres. 17 p.

215 **Le Pautre.** Vases, burettes, fontaines, portes, chaires, tombeaux, frises, etc. 47 p.

216 **Loire** (A.). Nouveaux dessins d'ornements, panneaux, lambris, carosse, etc. 12 p.

217 **Pillement** et autres. 41 p.

218 **Quellinus.** V. Solis et autres. 30 p.

219 **Vries** et autres. Architecture. 40 p.

220 **Willemin** et autres de l'antiquité. 23 p.

221 Portefeuille historique de l'ornement. 10 p.

222 **Vases**, par Bousonnet, Errard, Percenet et autres. 36 p.

223 — par Aug. Vénitien, Polydore. 17 p.

224 **Divers**, lits d'après Lalonde, Ranson: Autels et autres monuments d'architecture; menuiserie de Cornille, etc. 30 p.

225 — Églises, monuments funéraires, titres, fontaines, frises, panneaux, etc. 90 p. 3 lots.

226 — Frises, entêtes de pages, fleurons, cul-de-lampes, armoiries, etc. 238 p. en bois.

227 **Dessins** divers crayons, aquarelles. 35 p. 2 lots.

228 — Ornements et architecture. 12 p.

229 Sous ce numéros seront vendus les lots omis et non catalogués.

Renou et Maulde, Imprimeurs de la Compagnie des Commissaires-Priseurs, rue de Rivoli, 144. 6190

Test 10
Test 10

[illegible] 8 75
[illegible] 2 90
[illegible]
[illegible] 2 50

PORTRAITS DIVERS

GRAVÉS

PAR AMBROISE TARDIEU

OVALE IN-8°.

Papier format in-4°. — Chaque : 25 centimes.

Addison, poëte dram. angl.
Aguesseau (H. F. d'), chancel.
Aignan (Et.), poëte lyrique.
Alembert (d'), académicien.
Alfieri (V.), poëte dramat.
Amyot (J.), évêque.
Andrieux, poëte dram., academ.
Arioste (L.), poëte italien.
Azaïs (P. H.), philosophe.
Balzac (J.-L. Guez de), acad.
Becker, général.
Belliard, général.
Berchoux, littérateur.
Berthollet, chimiste, Pair.
Bessières, maréchal.
Boileau-Despréaux.
Chasseloup de Laubat, général.
Choiseul (duc de), pair.
Colomb (Christophe).
Corneille (P.), poëte dram.
Cousin (Victor), acad.
Daunou, historien.
Dessolles, général.
Diderot, littérateur.
Etienne, poëte dram.
Fénelon, archevêque.
Français de Nantes, comte.
Gouvion Saint-Cyr, général.
Grimm (F.-M.), critique.
Horace.
Jay (Antoine), historien.
Jouy, poëte dram.
Juvenalis, poëte satyrique.
Kellermann, général, pair.
Kellermann fils, général, pair.
Klein, général, pair.
Labbey de Pompierre, député.
La Bruyère (Jean de).
Lafayette, général, député.
La Fontaine (Jean de).
Laplace (marquis de), acad.
Le Brun (prince), pair.
Lefèvre, maréchal.
Lemontey, historien.
Louis (baron), ministre.
Massillon.
Molière.
Montaigne.
Montesquieu (Ch. Secondat de).
Mortier, maréchal.
Moustalon.
Mozart.
Murat (Joachim).
Napoléon, empereur.
Ovide, poëte latin.
Pelet de la Lozère.
Percy.
Philippe II, roi d'Espagne.
Piron, poëte comique.
Pradt (D. Dufour de), archev.
Racine (Jean).
Rampon, général.
Regnard, poëte comique.
Reille, général.
Ricard, général.
Rollin, historien.
Rossini (Joachim).
Rousseau (J.-B.).
Rousseau (J.-J.).
Saint Augustin.
Saint Bernard.
Saurin (Jacques).
Scott (Walter).
Sebastiani, général.
Séguier, chancelier.
Ségur (comte de), pair.
Soules, général.
Suchet, maréchal.
Tissot (P.-F.), poëte et prosateur.
Tite Live, historien latin.
Virgile.
Voltaire.

Caylus (Marg. de Valois, comt. de).
Dacier (Anne Lefèvre).
Gay (Sophie).
Sévigné (marquise de).

Chaque : 50 centimes.

SE TROUVE CHEZ VIGNÈRES, 1, RUE BAILLET, A PARIS.

www.ingramcontent.com/pod-product-compliance
Ingram Content Group UK Ltd.
Pitfield, Milton Keynes, MK11 3LW, UK
UKHW020358250726
13967UKWH00005B/2349